좋은 것들은

우 연 히

온   다

좋은 것들은

우 연 히

온 다

글 · 사진   변지영

트로이목마

프롤로그

특별한 의도나 기대가 없었는데 멋진 경험을 하신 적이 있으신가요? 무심코 가본 길에서 아름다운 풍경을 보았다거나, 사소한 것에서 커다란 감동을 받았다거나, 뜻하지 않은 만남에서 좋은 일이 생겼다거나.

어떤 친구가 말하더군요. 힘들 때 찾게 되는 건 언제나 자연이라고요. 숲을 걸으며 햇살과 바람이 일으키는 찬란한 변화, 경쾌하고 발랄한 새들의 지저귐, 다양한 곤충들의 움직임에 주의를 두다 보면 문득 내가 아무것도 아닌 것 같아서 기분이 참 좋아진다고요. '나'라고 하는 것이 얼마나 부담스러웠으면 아무것도 아니어서 좋다고 할까요.

우리는 나를 잘 알아야 하고 적절히 제어해야 하고 무엇을 잘하는지, 무엇은 못하는지 파악해서 쓸모 있는 역할을 맡아야 하고 좋은 사람이 되어야 합니다. 왜 나는 이런 것을 못할까? 왜 나는 여전히 그것에 매여 있을까? 왜 나는 자존감이 낮을까? 왜 나는 그런 행동을 할까? 왜 나는 친절하지 못할까? 왜 나는 늘 일을 미룰까? 왜 나는……. 평생 고민하고 시달리는 주제가 '나'입니다. 나라는 감옥에 갇힌 채 창살에 매달려 자유로운 세상을 동경하며 시간을 흘려보냅니다. 그러면서도 정작 내 생각대로 되지 않으면 화를 냅니다. 내 생각이나 의도에 너무 많은 의미를 부여합니다.

우연은 어떤 의미로 '나'의 반대말입니다. 내 생각, 내 감정, 내 의도, 내 판단, 내 계획, 내 능력, 정체성이 미치지 않는 영역이지요. 어떻게 보면 농담 같은데 잘 들여다보면 그만한 진실이 없습니다. 이탈리아 화가 조르조 모란디의 말대로 "현실보다 더 비현실적인 것도 없으니까"요.

생각도 계획도 참 많이 하고 살았으니 이제는 우연에게 좀 더 맡겨보는 게 어떨까요? 나라는 감옥에서 잠시 나와 햇볕 내리쬐는 벤치에서 시원한 바람을 맞는 느낌으로요. 치열함 가운데 여백을 마련하고 지금 이 순간에 귀 기울이는 것입니다. 순간에 머물 수 있다면 영원에 머물 수 있다는 것이니까요.

한 알의 모래에서 세계를 보고,
한 송이 들꽃에서 천국을 보기 위해,
당신의 손바닥에 깃든 무한함에,
한 시간 안에 들어 있는 영원함에 머물러라.

- 윌리엄 블레이크

– 1부 –
좋은 것들은
우연히 온다

"생각만큼 생각대로 되는 것 없고,
생각대로 안 되어도 생각보다 괜찮고."

- 4부 -

결함을 살아간다

"너는 그 부분을 자신에게서 떼어내고 싶어 하지. 없애고 싶어 해.
하지만 모두 다 데리고 가는 수밖에 없어.
자신의 그림자를 지우는 법은 없으니까."

– 5부 –
있는 그대로의
위로

"어두워야 보이는 것들이 있고
멀리 있어야 들리는 것들이 있어."

— 1부 —

좋은 것들은
우연히 온다

"생각만큼 생각대로 되는 것 없고,
생각대로 안 되어도 생각보다 괜찮고."

첫 날

첫날은 언제나 우연이다

어설프고 눈부시며
기대가 없어서 불협화음이 없다

첫날 피어난 것들은
이내 서서히 시들어
우리는 바빠지기 시작하고
아무리 애를 써도
첫날은 다시 오지 않아

의도하지 않은 아름다움은 빚을 수 없고
기대하지 않은 기쁨은 만들어낼 수 없고
생각지도 못한 감동은 불러일으킬 수 없고

좋은 것들은 우연히 온다
첫날은 그리하여
언제나 마지막 날이다

어떠할까

지금은 원한다고 생각하지만
정말 달성했을 때 네 마음은 어떠할까

그것만큼은 정말 '아니!'라고 생각했는데
막상 그렇게 되었을 때 네 얼굴은 어떠할까

오랫동안 꿈꾸던 세계에 도착했을 때
그때 네 삶은 어떠할까

오, 기억은 우리를 배신하지
오, 기대는 우리를 배신하지

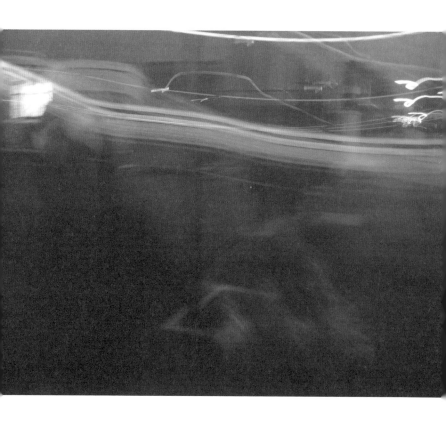

기 적

고요히 앉아
가만히 돌이켜보면
누구나 알 수 있다

가슴 뛰게 하는 일들이
삶에 그리 많지 않다는 것을

가슴에 묻고 갈 얼굴도
그리 많지 않다는 것을

매순간이 기회
매일 열리는 게 기적

커튼 안으로

커튼 안으로 들어간다고 해서
눈부신 그날을 불러올 수 있는 건 아니야

부서져 내리는 햇살과
우리를 어루만지던 바람은
커튼 안에서 왔지만

돌아갈 수 없어
커튼 안으로는
아니 어디로도
도로 들어가는 법은 없어

시제의 불일치

우리가 본 것과 들은 것
느낀 것과 생각한 것
옳거나 옳지 않다고 믿는 것은
모두 해석이며
이미 과거다

우리는 바로 이 순간 존재하지만
현재는 해석되지 않아
과거를 살아갈 수밖에 없고

순간은 순간을 밀고 나갈 뿐
실제로는
어제도 없고 내일도 없다

이러한
시제의 불일치를 넘어서기 위해
우리가 할 수 있는 것은 단 하나
잠시 멈춤,
모든 해석을

하루 1

하루는
우리가 가진 전부라서
모든 것을 걸고 싶어도
잠시 딴생각 하는 사이 저물어가지

하루는 바람의 다짐 같은 것
날아가더라도 단단히 묶어 두는 것
잊히더라도 깊게 새겨 두는 것

염려와 전념

앞일에 마음 두는 것은 염려
한 가지에만 마음 두는 것은 전념
염려는 언제나 뒷문으로 들어오기에
딱히 막을 도리는 없다

다만 당신의 집을 전념으로 꽉 채워서
발붙이지 못하게 하는 거다
현관은 현관의 전념으로
거실은 거실의 전념으로
부엌은 부엌의 전념으로

빼꼼히 문 열고 엉덩이부터 들여놓은 염려가
쳇! 재미없다고 가버리도록

하루 2

사람들은 인생을 마라톤에 비유하지만
사실 이곳은 끊임없는 릴레이의 연속이다
우리들은 계속해서 뭔가를 주고받으며 달리다가
마지막 배턴을 건네고 배경으로 물러날 것이다

배턴에는 당신이 보낸 무수한 하루들이
편집되지 않고 담길 것이다
당신이 남기는 것은
오늘 하루일 것이다

공공연한 비밀 1

사랑할 때 우리는 그것이
시간의 한 양태라는 것을 잊는다
상대방을 떠나보내고 나면 비로소
가려져 있던 시간이 드러난다

당신이 그리워하는 것은
누군가가 아니라 언제나 시간이다
세월이 흘러 그 사람을 다시 만났다고 해도
이미 그 사람이 아니며 재회란 불가능하다

시간에는 복원이 없으며 모든 만남은 단 한 번이기에

공공연한 비밀 2

오래전 그곳은
더 이상 그곳이 아니고
오래전 그 사람은
더 이상 그 사람이 아니다

공간에 시간이 흘러
다른 공간이 되듯
시간을 통과하면서
우리는 다른 사람이 된다

그리해 우리는
어떤 것도 다시 만날 수 없고
어떤 존재도 될 수 없다

생념

아니 너는 도대체가 몇 달 전까지만 해도 그런 생각은 전혀 하지
않았잖니?

여건이 되어야 생겨나는 생각도 있답니다

모퉁이 너머에서 기다리기라도 했다는 듯
때를 보며 슬그머니 찾아오는 생각도 있지요

이제 온 생각을
너무 나무라진 말아 주세요

상황이 이리될 줄 몰랐답니다

떡하니 등장하게 될 줄은 자기도 몰랐답니다

감

아무 말 없이
감

감의 자리는
겨울 봄, 그리고 여름만큼 깊어
감잡을 수도 없지

가을처럼 불현듯
와야
실감이 나지

때

말은 발화되는 그 순간에 들리는 것이 아니고
말하는 자와 듣는 자가 통과하는 지점이 비슷할 때
양쪽을 함께 울리며 전달되는 것이어서
말이 도착하는 데에는 십 년, 이십 년이 걸리기도 한다

당신의 말을 상대방이 듣지 못한다고 해서
너무 슬퍼할 필요는 없다
당신의 말은 가까이 어딘가에 남아
그의 때를 기다리고 있을지 모르니

시간

생각을 방해하는 것이
언제나 새로운 생각이듯

이미지를 덮는 건
언제나 새로운 이미지다

시간은 시간을 삼키며
지체 없이 나아가다가

돌연 퉤
뱉어내기도 한다

그런 날이면 생각도
이미지도 하루종일
길을 잃는다

Letter #1

분명히 맞는 말이라고 생각되던 것도, 옳은 판단이라 확신하던 것도 시간이 지나면 알 수 없게 되어버립니다. 감정도 그렇지 않나요? 분노로 불타오르다가도 며칠 지나면 그렇게까지 할 일이었나? 생각하게 되고요. 말을 꼭 그렇게까지 해야 했을까? 후회하기도 합니다. 세상에서 가장 외롭고 슬픈 사람처럼 스스로를 생각하다가 별것 아닌 일로 바보처럼 즐거워하고요. 어떨 땐 매우 단순한 것 같다가도 복잡하고 예민할 땐 끝도 없이 줄이 팽팽해지는 게 우리입니다.

점점 알 수 없는 것이 많아집니다. 그래서 언제부터인가 이렇게 생각하게 되었습니다. 이제는 답이 있는 것처럼 말하는 책은 쓰지 말아야겠다. 이럴 땐 이렇게, 저럴 땐 저렇게 하라고 해결책을 제시하려 들지 말아야겠다. 사람에 대해, 삶에 대해 아는 것처럼 굴지 말아야겠다.

내게 일어난 일들조차도 돌아보면, 좋은 것들은 대부분 우연히 왔는데 그걸 종종 잊습니다. 물론 살면서 계획이 없을 순 없겠지만 '꼭 이렇게 되어야 해.' 혹은 '그것만큼은 절대 안 돼!'라고 마음을 닫고 발을 동동 구르며 괴로워할 필요는 없을 것 같습니다. 중요한 것들에 정성을 다하지만, 결과는 우리 뜻대로 되는 것이 아니니까요. 마음 활짝 열고 그대로 반기다 보면 우연이라는 손님을 더 잘 맞을 수 있겠지요. 우연을 허용할수록 우연은 우리에게 멋진 선물을 가져다줄 것입니다.

───── 2부 ─────
세상
모든 것이
너다

"우리는 농담이지.
농담이 아니면 말해질 수 없는
진실이지."

기억

오랫동안 당신에게 나는
없던 일이었는데
없던 일이었는데

여러 해 동안 죽어 있었던
화분에는 어쩐 일로
다시 꽃 피는가

뿌리가 살아 있었던 걸까
씨앗이 숨어 있었던 걸까

기억은 사라지지 않아
다만 가라앉는 것

토대

너라는 토대 위에
나라는 집을 짓고
살아온 시간이
생의 절반

당신의 허락 구한 바 없이
계획한 적 없이
일부러 그런 것도 아니고
언제부터 그리되었는지도 모르게

소멸 혹은 무한

너를 사랑한다는 건

네게 뿌리 내려
영원히 쉬고 싶은 열망과

네 안에서
내가 녹아 없어져 버릴 것 같은
공포

그 사이 어디쯤에서 견디는 것

어떤 날은 열렬히 다가가다가도
어떤 날은 필사적으로 멀어지지

나는 그러니까
네 안에서 사라지고 싶은 거다

네게 매여
너로 인해 소멸되고 싶은 거다

요람과 무덤

나의 세상은 너와 함께 시작되었어
우리는 서로를 탄생시키기도 하고
죽이기도 해
하지만 결코 누군가의 무덤이 될 수는 없어

우리는 타인에게서 태어나
자신에게서 죽는다

사랑 1

무한의 공간에서
유한의 시간으로 존재하기 위해
서로가 서로를 새긴다

영원히 꺼지지 않을 불꽃처럼
활활 타오르다가 뜻하지 않게
시들어 희미해지더라도
결코 사라지지는 않아

다만 가라앉는 것
시간에서 공간으로 조용히
배턴을 넘기듯

물결

사람이 사람을 만나는 것은
시간과 시간이 교차하는 일

이쪽의 시간이 저쪽으로
저쪽의 시간이 이쪽으로

흘러들어 가

어디서부터 어디까지인지
알 수 없게 되어버리는 물결

사랑 2

변치 않는 사랑이 따로 있는 게 아니라
변함을 받아들이는 일이 사랑이다

시간이 바꾸어놓는 정경들을
그대로 담아내는 일이다

가을의 단풍이 오지 못하도록
여름의 초록을 붙잡는 것이 아니라
단풍과 초록을 모두 껴안아 겨울로 들어가는 일이다

그리해
같이 생겨나고 같이 사라짐을 아는 일이다

파도

바다처럼
시작점을 알 수도 없고
새벽이슬처럼
영문도 모르게 생겨난 것이

어부의 그물처럼
필사적이네
너를 향한 나의 파도는

듣기 1

누군가를 들으려면
자신의 목소리부터
들을 줄 알아야 한다

낮은 소리
희미한 소리
부딪치는 소리
이기는 소리
지는 소리까지

듣기 2

나의 글은
말하기 위함이 아니야

너를 듣기 위해
나는 쓰네

길 잃은 숲처럼
달 잃은 밤처럼

말 없는 당신을 들으려고
가만히 다가가
글자들로 다리를 놓네

사자와 도마뱀이 자는 곳

나는 네게
사자와 도마뱀이 잠자는 곳을
보여주었지

그런 곳은 어떤 곳일까
잠들 수 있다면 아늑하겠지,
너는 말했어

아. 늑. 하. 다.
아. 늑. 하. 다.

그래, 아직은 아슬아슬하고
아득하지만

토끼의 발걸음에도 깨고
나뭇잎 숨소리에 놀라는 나지만

언젠가 이곳도 아늑했으면 좋겠어
사자와 도마뱀이 잠들 듯
토끼와 나뭇잎이 잠들 듯

사이 1

산과 산
사이의
빛깔은 산이 만들어내고

꽃과 꽃
사이의
향기는 꽃이 만들어내고

사람과 사람
사이의
소리는 사람이 만들어내고

사이 2

물이 물을 갈라 물 사이로 들어간다
들어간 자리 없이 시원하게

구름이 구름을 갈라 구름 사이로 들어간다
네 자리 내 자리 따지는 일 없이 고요하게

우리들 사이도 그랬으면 좋겠다
말없이 그대로 흘러들어 가면 좋겠다

존재 방식

나는 너의 바다
나는 너의 하늘

바다와 하늘이 얼굴을 맞대어 소곤거린다

네가 없다면 나는 바다가 아니야
네가 없다면 나도 하늘이 아니야

시선

세상은 하나의 거대한 구멍이고
인간이란 구멍과 구멍 사이의 통로여서

누구에게나
시선이 필요합니다
그들이 간절히 바랐던 건
그저 시선 하나, 작은 시선 하나였답니다
그러니

시선을 주세요

본래 아무것도 아닌 우리는

시선으로 구멍을 메우며 살아간답니다

꽉

당신이 내게 꽉 들어차고

내가 당신에게 꽉 들어차서

온 세상을 꽉 채우자

그렇게 꽉 채우다 사라져 가자

무엇입니까

사랑은
끊임없이 나아가기 위한 동력이고
거대한 허무를 견디기 위한 전략이며
시간의 물살에 쓸려 가지 않기 위한
분투다

순간과 영원 1

당신은

깨기 직전의 꿈
떨어지기 직전의 물방울
사그라지기 직전의 불씨

멈춤
뜨겁고 생생한 고요함

영원한 지금

여기 있는
모든 것

순간과 영원 2

반짝이는 나뭇잎이
휘익 떨어지는 순간
따사로운 햇살이
뒷목을 간질이는 순간

아주 잠시
어쩌다 아주 가끔
우리는 순간이 되지만

순간은 영원으로 가는 길목이어서
온 존재를 휘감아 데려가지

겨울 새벽

네가 꺼지면
내가 꺼지고

내가 밝히면
네가 밝아지지

새벽에 귀를 기울이면
피어나는 것들이 있지

길고 긴 겨울 새벽엔
들을 것이 많지

무량한 사이

내가 아침으로 가면
그는 밤으로
내가 겨울로 가면
그는 여름으로

맞닿아 있지만
결코 섞이지 않는
물과 하늘의 수평선처럼

내가 앞이면 그는 뒤고
그가 뒤라면 나는 앞이어서
평행으로 함께하는
무량한 사이였다

상실과 애도

우리는 있지도 않은 것을 잃어버린 사람들
있지 않은 것이어서
찾을 수도
회복할 수도 없지

상실은 끝이 없고
애도도 끝이 없고

잔향 殘響

내 소리가 당신의 몸을 울리다가
그친 후에도 남아서 들리는 소리

당신의 소리가 내 몸을 울리다가
그친 후에도 남아서 들리는 소리

피로하지 않게, 하지만 깊게 남는 소리

위로하면서도 붙잡지는 않는 소리

그런 것은 어떻게 설계가 될까 우리들에게
최적의 잔향 시간은 얼마일까

사랑이 사람을

사람이 사랑을 하는 게 아니라
사랑이 사람을 이끄는 겁니다

잘해주려고
애쓰는 것이 아니라

마음 활짝 열고
내려놓는 일입니다

가장 적극적인
수동의 응답입니다

Letter #2

우리 삶이란 그럼에도 불구하고 사랑할 수 있는지 훈련시키고 시험하기 위해 만들어진 링 같습니다. 당신의 링 위에는 스파링 파트너가 끊임없이 주어지지요. 하나를 넘으면 또 하나가 오고 잠시 안도할 틈 없이 또 옵니다. 너무 싫어하거나 너무 좋아하며 혐오와 집착을 널뛰면서 우리는 사랑할 기회들을 놓치죠.

나 자신을 사랑한다는 것은 이래도 좋고 저래도 좋다는 방종이 아닙니다. 어쩔 수 없는 것들을 받아들이고 또 받아들이고 한계 안에서 최선의 친절을 다하겠다는 서약이지요. 살아 있음의 의미를 모르더라도 살아 있음 그 자체가 이미 의미임을 아는 것이고요. 모든 존재들이 애쓰고 있음을 아는 것입니다. 내 마음의 창을 활짝 열어 때론 부딪히고 또 부딪치면서 배우고 또 배우는 것입니다.

우리는 도대체 언제쯤 완전한 사랑을 할 수 있을까요? 아마 그런 날은 영영 오지 않을 것입니다. 다만 사랑으로 끊임없이 나아가고, 알아차리고 또 알아차리면서 돌아올 뿐입니다. 우리 삶은 하나의 여정이니까요, 언제나 지금 발걸음이 첫 발걸음입니다.

—— 3부 ——

말은 할수록 외로워지고
관계는 기대할수록 멀어지고

"때로는 사실을 말하지 않는 것이
진실에 더 가까울 수도 있다."

침묵

침묵하기까지 나는 너무나 오래 걸렸다
지금이나마 침묵할 수 있다는 건
얼마나 다행스런 일인가

침묵은 말을 참는 것이 아니다

말이 일어나지 않게 하는 일
마음을 어지럽히지 않는 일
가장 적극적으로 마음을 지키는 일

습관처럼 살지 않겠다는 의지,
자동적으로 반응하지 않겠다는 결단,
무엇이 오더라도 고요히 머무는
치열한 행위,
침묵이다

말 없는 말

행복한 사람은 행복을 말하지 않고
깨달은 사람은 깨달음을 말하지 않고
사랑하는 사람은 사랑을 말하지 않고

나는 침묵 속에 서서

말 없는 말을 듣네

침묵의 필요 1

어떤 말로도 이 세계를 더 건설할 수 없고
어떤 말로도 이 세계를 멈출 수 없어

지금은 침묵으로 나아가야 할 시간
침묵이 되어 침묵으로 가득 채워
안으로부터 바깥으로 밀어내는 시간

새기지 않아 지워지지도 않는
침묵
이 세계를 가능하게 하는
마지막 보루

희미해진다

말은 말을 덮고
행위는 행위를 덮고
생각은 생각을 덮어
모든 것은 희미해진다

침묵의 필요 2

가까운 사이에는 말보다 침묵이 더 소통을 도울 때가 많다
아무리 정확히 세세히 하더라도 말은
서로의 입장차를 꿰뚫어 초월하게
도와주지는 못하기 때문에
말에는 노이즈가 너무 많기 때문에
아무리 노련하고 매끄러워도 말은 결국 공격이고 침입이므로

다만 싸늘한 체념의 침묵이 아니라
친절한 침묵
따뜻한 침묵
모든 것을 있는 그대로 내버려두는 커다란 침묵

글은

글은 말보다 침묵에 가깝지
말과 말 사이의 틈새
말의 이면을 뒤집어
진실을 드러낼 수 있는
침묵

어긋나다

그는 도약을 꿈꿨던 탓에
내게서 발판의 암시를 보았네

나는 그를 욕심냈던 탓에
그가 본 것에 암묵적으로 동의했네

그는 나를 믿고 높이 뛰려 했으나
나는 사실 가진 것이 없어

나는 그를 꼭 거머쥐려 했으나
그는 사실 머물 의도가 없어

우리는 제자리 뛰기만 하다 헤어졌네
같은 자리만 뱅뱅 돌다 헤어졌네

습관이 아니도록

습관처럼 말하지 않기 위해
말하지 않는 너
습관처럼 움직이지 않기 위해
움직이지 않는 나

몰라서 만나고 몰라서 헤어지지

너에게 가는 길은
언제나 위태롭고
나에게 오는 길은
대개 불안하지

우린 언제나
몰라서 만나고
몰라서 헤어지지

이제는
전망 없음을 전망해야지
그래야 우리가 우리일 수 있지

거리

어떤 대상에게는
다가가기도 싫어서
배우지 못하고

어떤 대상에게는
너무 다가가서
전망을 잃어버리고

뒷모습

나는 종종
사람들의 뒷모습을 훔쳐본다
표정을 일부러 만들어내지 않아도 되는
긴장 없는 뒷모습은
얼마나 개성적인가
얼마나 고유한가

한 사람

한 사람을 안다는 것은 그의
광기
열기
온기
냉기
습기
의 순간들을 이해한다는 것

사랑하는 법

눈 귀 코가 어떠한지
혀와 몸 마음은 어떠한지
허리는 어느 쪽으로 틀어져 있고
어깨는 어디가 더 내려가 있는지
다리는 어느 쪽이 어떻게 휘었고
손가락 발가락은 어떻게 생겼으며
오장육부는, 근육과 신경들은 어떠한지

어떤 말을 들으면 얼굴이 새빨개지고
어떨 때에는 마음이 그윽해지는지
어떤 상황에서 식은땀이 나고
어떤 순간들은 참기 어려워지는지
누구에게는 관대하면서
어떤 사람들에게는 인색해지는지
어떨 때에는 걸음이 빨라지고
어떨 때에는 엉덩이가 무거워지는지

이런 것들은 우아하게 거울 앞에 앉아서는
알아낼 수 없고
놀밭을 절뚝거리며 가더라도
제 몸을 통해 눈물 콧물 쏟으면서
알아가야 하는 것이어서
우리들 대개는 잘 아는 바 없이
흐지부지하고 말지만

사람 하나는,

세세히 살펴야 알 수 있고
알아야 잊을 수 있고
잊어야 사랑할 수 있다

만남 1

만난다는 건

하나가 하나를 밝히어
순간에 가닿는 일

세상이 잠시 눈 감는 사이

빈 마음으로
영원에 가닿는 일

만남 2

얼굴이 얼굴을 만난다는 건
실로 엄청난 일이고
매우 드문 일입니다

보았다고 여기고
안다고 여겨
생각으로 건너뛰기 일쑤니까요

멈춤

세상에
우리를 달리게 하는 것들은
많지만
멈추게 하는 것은
드물다

이파리의 윤리

당신은 언제나 뿌리였고
앞으로도 쭉 그럴 거라서
언제나 확고했지요

나는 한없이 가벼운 이파리
바람 훅 불면
뒤집어지고 나가떨어지는 이파리였고요

당신은 나의 가벼움을 경멸했지만
나는 당신의 허위를 조롱했어요

이 가벼움은
오래된 위장전술입니다
에고의 무장해제를 위해
가벼움만큼 유용한 것도 없지요

이파리의 윤리를
지금쯤 이해하셨는지요?
당신은 두려웠던 겁니다

그 뿌리라는 것이
사실은 환상일까 봐
정말로 아무것도 아닐까 봐

지나고 지나듯

전철은 막 한강 위를 지나고 있었다

물결이 강을
지나듯
구름이 하늘을
지나듯
한 사람이 한 사람을
지나듯

모두 지나갔지만 그대로였다

심장은 여전히 뛰고 있었다

위로

이른 아침 새들이 내는 소리는
너무도 찬란하여
어제를 잊게 한다

의도 없이 투명하고
욕심 없이 맑고
계획 없이 가벼운
소리들 앞에서

한없이 시끄럽고 번잡한
우리의 소리들을 생각한다
말은 할수록 외로워지고
말로는 어느 누구도 위로할 수 없다

시냇물 굴러가는 소리
마당에 햇볕 떨어지는 소리
나뭇잎에 바람 부딪는 소리

이름 모를 열매 툭 하고 떨어지면
걸려 있던 슬픔도 툭 하고 떨어진다

부재

바다에서
바다를 꿈꾸는 일 없듯

우리는
눈앞에 없는 것만 생각할 수 있지

추상으로

은유로

상징으로

완벽하게 존재하는 너

여기에 없는 오래된 생각

길모퉁이 밥집

간판이 내려진 것은
며칠 전이었다
거칠게 문이 뜯기고
주저 없이 파헤쳐졌지만
한때는
밥의 온기로
사람들이 드나들던 집이었다

오늘은 온데간데없이
덩그러니 터만 있다
깨어진 유리 조각
뒹구는 못 몇 개 남기고
집 하나가 눈 녹듯 사라졌다

철 지나면 철거되듯
온기 식으면 파헤쳐지듯
우리도 저렇게 사라지게 될까
온데간데없이
덩그러니
빈자리엔 무엇이 남게 될까

Letter #3

너무 많은 말들 가운데에서 피곤해질 때면 이렇게 합니다.

    1) 심호흡하고
    2) 오늘이 마지막이라고 생각하고
    3) 그래도 해야 하는 말이라면 합니다.

자고 일어나면 별일 아니게 되는 일이 많습니다. 공연한 생각, 공연한 말
로 시달렸다고 후회하기도 합니다. 아침마다 우리는 투명한 진실 같은
것을 마주하게 됩니다. 그때 떠오르는 풍경들이 진실에 가까울 때가 많
지 않나요?

우리는 언어에 많이 의존하고 있지만, 언어는 이느 한 순간에도 우리 전체를 담아내지 못합니다. 항상 일부분만 말할 수 있기 때문에 언어는 늘 왜곡입니다. 하지만 우리는 언어로만 생각할 수 있고 언어로만 드러낼 수 있어서 꼭 그만큼만 존재할 수 있습니다. 우리 각자의 언어의 한계가 곧 삶의 한계이기도 합니다.

우리 모두는 한계 속에서, 각자의 결함 안에서 피어나는 꽃들입니다. 결함은 동력이 되기도 하고 발목을 붙드는 장애가 되기도 합니다. 하지만 어떤 결함도 나만의 것은 아닙니다. 모든 결함은 보편성을 갖고 있으니까요. 자신의 결함을 이해하고 받아들이면서 타인의 결함을 이해하고 어려움을 공감하면서 연결될 수 있습니다.

4부

결함을
살아간다

"너는 그 부분을 자신에게서 떼어내고 싶어 하지. 없애고 싶어 해.
하지만 모두 다 데리고 가는 수밖에 없어.
자신의 그림자를 지우는 법은 없으니까."

집으로 가는 길

길은 잃어본 자에게 더 간절하다
찾는 것은 잃은 자들의 몫
잃고 헤매고 돌아오고
잃고 헤매고 돌아오며 그들은
영혼의 집을 지키네

때로 영영 돌아오지 않는 자들도 있지
헤맨 지 너무 오래되어
길을 잃었다는 것조차
까맣게 모르는 사람들

각자의 진술

만약 누군가가
해가 자신의 어머니이고
달이 자신의 아버지라 말한다고 해서
그를 나무랄 수는 없네

그는 그만큼의 시간들을
해의 안뜰에서 놀고
달의 그림자에 기대어 지냈다는 것
해의 눈과
달의 귀로 살았다는 것

그러니 그러한 바 없어
짐작조차 되지 않는 이들은
가만히 듣는 수밖에 없네
무어라 말할 입장이 못 되네

먼 곳에서
　　먼 곳으로

그는 언제나 먼 곳으로 간다
꿈을 꾸어서가 아니다
외로워서 그렇다

자신의 무게를 이겨내려고
이곳에서 이해하기 어려운 속도로
그만큼 멀리 간다

아무데로도 가지 못한 것은
그의 탓이 아니다
무게에 치여
속도에 치여

먼 곳에서 불어오는 바람은
그렇게
다시 먼 곳으로 간다

사로잡힌

사로잡힌 마음은
앞으로도 뒤로도
위로도 아래로도 갈 수 없어

다만
안으로 안으로
파고들어 가

뼈를 오도독오도독
내장을 질겅질겅 씹어 먹으며
통과해야만 하지

그러면
사로잡은 것도
사로잡힌 것도

속이 텅 비어
빈 껍질만 나동그라져서
해방되기에 이르지

비보와 낭보

비보 :
자신의 감옥을 만들어내는 것은
언제나 자신이다
어느 누구도 가두지 않았는데
스스로 갇힌다

낭보 :

네가 가두었으니

네 손으로 열고 나와라

우물과 갈증

우물 찾아 먼 길 가는 사람은
돌부리에 채여 넘어질 때마다
떠나온 집이 그리워질 때마다
갈증을 생각한다

무엇이 떠나오게 했는지
얼마나 간절한 것이었는지
언제부터 시작된 것이었는지
앞으로 어떻게 될 것인지
곰곰이 생각하여

머릿속에 들어찬 것은 우물이고
보이는 것이 온통 우물인 그는
갈증 때문에 우물을 찾아간다고
믿지만

갈증을 해소하는 것은 우물이 아니다

우물을 내려놓아야
갈증이 사라진다

우물과 갈증은 짝패,
같이 일어나고 같이 사라진다

검은손

누군가
검은마음으로 흰손을 내밀 적에는
그것이 검은손임을 알아야 한다

검은눈으로는
검은마음이 보이지 않아
검은손과 검은손이 맞잡으며 웃는다

혹여 흰손이라고
자신을 속인다면
훗날 속았다고 울지는 말아라
타인을 원망하지도 말아라
다만 검은손을 보지 않은
자신의 검은눈을 감아라

결함

집요해져야 하는 것은
단 하나,
우리 자신의 결함이다

어떤 결함은 둥그렇고
어떤 결함은 파랑이며
어떤 결함은 무정형이겠지

상관없어

이런 저런 결함들이 있는 것이 아니라
원류와 지류가 있을 뿐

해석이나 설명 뒤에 숨지 말고
곧장 원류로 들어가

결함을 물고 늘어져
결함을 파고든다
결함을 잠시도 떠나지 않고
결함을 산다

저벅저벅 들어가
온몸이 푹 젖도록 담그자
구원은 언제나 결함
깊숙이 들어 있으니

실패의 의미

쉽게
대충해서는
되지 않아야 한다
빗나가고
거절당하고
실패해야

여러 번 하고

여러 번 해야
간절해지고

간절해져야
꼼꼼해진다

바람 스미듯
사무치도록

무한이 무한에게

우울은 어떤 것만 보기 때문에 일어나지만
슬픔은 모든 것을 보기 때문에 일어납니다
우울은 사람들로부터 고립시키지만
슬픔은 연결되게 합니다

슬픔을 느끼지 않으려고
너무 바쁘게 지낼 필요는 없습니다
봄을 볼 수 있고 여름을 들을 수 있다면
아직 늦은 것은 아니겠지요

우리는 무한이니까요
언제든 복귀할 수 있고
언제든 사랑할 수 있습니다
한결같이 기다리고 있는 것은,
있는 그대로 온전히 반겨 주는 것은 언제나
당신 자신입니다

깊이

깊이는
내려가는 일이다

고요하게
숭고하게
핵을 향해 가는 길

등은 낮아지고
마음은 넓어지며
걸음은 단단해지는 일

깊이는
내려가는 일이다

모를 테지

살아 있다는 것을 모르고
대충 떠밀려 가다 보면

봄 여름 가을 겨울이
왔다 가는 것도 모를 테지
자신이 죽어도
죽었다는 것을 모를 테지

우리 중 많은 이들은
어정쩡하게 스쳐 지나가고
몇몇은 정말로 살아보고
아주 일부는 제대로 죽지

어떤 사람들은 한 번도 살았던 적 없어서
영원히 죽지 않지, 우주를 헤매는 플라스틱처럼

내 몸으로 직접

미움이 싸락눈처럼 온몸을 때리는
출구 없는 터널을,
열망의 불길로 눈이 어두워져
스스로 갇힌 동굴을,
온몸이 너덜너덜해지도록
걸어가 보면 알게 된다

상상이 아닌, 생각이 아닌,
내 몸으로 직접 걸어 들어간 곳만 내가 된다

솟구치는 물고기

그 사람 난데없이 발끈할 때 있다
이유를 모르고 나는
미쳤는가 생각한다 아니 이유를 안들
기분 좋을 리야 있겠냐만

날뛰는 사람
가만 보면 그 눈에
요동치는 물고기 같은 것 있다

심연으로부터 치솟아 오르는
시커먼 물고기는
말은 할 줄 모르고

그 사람의 강으로는
다 담아낼 수 없어
강 밖으로 펄펄
미친 듯이 펄펄

그러나 미친 것 아니고
다만 아직 덜 알려진 것
그에게도 나에게도 덜 알려진 것

우리는 함께 이해하도록 하자
모르는 것은 알도록 하고
조금 알더라도 이내 모르는 것으로 하여
계속 계속 알아내도록 하자

솟구치는 물고기 하나 없는 사람,
세상에 하나도 없으니

알고 나면

왜 그 사람이 그렇게 되었는지
무엇이 그 사람의 삶에 왔다 갔는지
정말로 알고 나면
대개 할 말이 없어진다

우리가 조언을 쉽게 하는 것은
상대방의 여건을 모르기 때문이고
있는 그대로 듣지 않았기 때문이다

영의 제곱은 영

영의 제곱은 영
음수는 제곱하면 양수라도 되지
세제곱해서 멀리 음수로 가더라도
한 번 더 뛰어 네제곱하면
그보다 더 멀리
양수로 가지
싸우고 화해하고 잃고 배우면서
멀리멀리 어디든 가지

영의 제곱은 영
제곱, 세제곱, 네제곱도 영
영영 나아갈 기미가 없어
네가 영이면 네 곁에 있는 모든 것이
아무것도 아니지
음으로든 양으로든 움직여야만
살아갈 수 있어 싸우더라도 잃더라도
영에서 뛰쳐나와야 나아갈 수 있네

노릴스크의 해

열두 달 중 아홉 달이 겨울인
노릴스크에서는

해가 뜨지 않는 두 달 동안
사람들이 낮을 만들어내지

창가에 등불을 환히 밝혀
해가 와 있는 척하지

너 없이 오래 살아온 나는
매일같이 네 자리를 만들어내지

아침마다 인사를 건네며
네가 여기 있는 척하지

이상한 사람들

작은 차를 타니까 무시당한다고 치를 떨던 K는
중형 수입차를 산 이후로 운전도 입도 더 지저분해졌다
좋은 대학을 못 가서 일이 잘 풀리지 않는다는 S는
누군가 승진할 때마다 별로 좋은 대학도 아니면서 잘난 척한다고
미워한다
여자들은 속물이어서 돈 없는 자신을 싫어한다는 P는
소개팅을 나갈 때마다 돈 잘 버는 여자인지 살핀다
휴가 때마다 성형수술을 하는 L은
어떻게 그렇게 못생긴 남자가 자기를 좋아한다고 할 수 있느냐며
몸을 부르르 떤다

각자 자기 굴레를 만들어
그 안으로 들어가 온 세상인 양
꼭 껴안고 산다 그런 일은
결코 있을 수 없고 그것만큼은
피하고 싶어서 다들 달렸지만
성공한 사람은 아무도 없었다
어떡하든 실패를 면하려다
실패가 종교가 되고 말았다

자기가 지은 굴레를
사랑하다가 혐오하다가 외경하다가
각자의 굴레 속에서 죽어 갔다 모두 이상한데
이상한 것을 몰랐다

추구의 습관

자신이 바라는 것의 실체가 없다는 것

추구에 명확한 대상이 있어 보이지만
사실 그 안을 들여다보면 텅 비어 있어
'추구'가 그저 습관적 몸짓에 불과하다는 것을
아는 것처럼 소름 끼치는 일도 없다

Letter #4

작정, 작심. 이런 것들은 어느 순간에 하게 되는 것이지만 사실은 매우 오래전부터 서서히. 서서히 이루어지는 것이어서 왜 그때, 무엇이 불현 듯 그리 하게 했는지는 곰곰이 생각해보아도 알 수 없게 되는 경우가 허다합니다. 대개의 경우 우리는 잘 모릅니다. 모르고 합니다. 모르고 결심하고 모르고 울고 모르고 포기합니다. 그런데 그 '모르고'가 수없이 쌓이면 어렴풋이 알 듯도 한 것이 되어 갑니다.

어렴풋이 알 듯도 한 것. 그것이 결국 삶을 이끌어가는 등불이 아닐까 생각합니다. 나의 등불은 한없이 모르는 것들을 가슴 속에 품으며 여기까지 밀고 온 힘에 있습니다.

지금은 알 수 없지만 언젠가 어렴풋이 알 듯도 한 것이 될 때까지 계속하는 것, 계속 밀고 가는 것, 오직 자신의 힘으로 뚫고 가야 할 터널로 기꺼이 들어간다면 삶이 제법 풍성한 것이 되지 않을까 생각합니다.

―― 5부 ――

있는 그대로의
위로

"어두워야 보이는 것들이 있고
멀리 있어야 들리는 것들이 있어."

그믐으로 가는 길

하현에서 그믐으로 가는 길입니다

보름을 기억하고 있어서
쓸쓸하지는 않아요 하지만
아주 가끔 뒤돌아보기는 합니다

그믐에 이르면
그때는 정말 가볍게 가야겠지요

보이지 않게 되더라도
사라지는 것은 아니니까요
여럿이 되었다가
다시 하나로 돌아가는 일이니까요

삭이 되는 순간
우리는 웃을 겁니다
보이지 않는 웃음을
환_____히

점
선
면

나는 점 하나
너도 점 하나
저 새도
저 집도
점 하나

점 둘 이으면 선
시간이라는 선
점은 선 안에

이 시간과 저 시간은 다르지만
이미 한 허공
선은 면 안에

잠시 인간

잠시
인간으로 있습니다

아직 오지 않은 일을 염려해야 하고
이미 지난 것을 되새겨야 하는
인간으로 있습니다

생각이 없으면 없다고 욕을 먹고
생각이 많으면 많아서 어그러집니다

피로가 상당합니다
앞뒤위아래좌우 모두 살펴야 합니다

혼자만 있어도 안 되고요
사람들만 쫓아다녀도 안 됩니다

참으로 어렵습니다
인간이라는 것은

하지만
잠시입니다

우리는 머지않아 바람에 실려
허공으로 돌아갈 것입니다

네에, 잠시
인간입니다

된다

보는 것이
내가 된다
듣는 것이
내가 된다
만나는 사람이
내가 된다

흔적

모든 것은 흔적을 남기지
네가 남기고 싶어 하는 것도
남기고 싶어 하지 않는 것도

온몸이 부서져도
파도는 바다 안에 있듯
보일 듯 말 듯 희미해진 발자국도
길 위에 그대로이듯

기억의 바다으로
무겁게 가라앉아
다시는 생각해낼 수 없게 되더라도
없어지지 않아

이보다 무서운 진실도 없고
이보다 따뜻한 위로도 없지

펄떡임

나아가기 위해
살아가기 위해
사랑하는지도 모릅니다

지향이 있어서 움직이는 게 아니라
움직이기 위해 지향하는 우리는
펄떡임 그 자체일지 모릅니다

순수한 펄떡임
다만 움직임

나는 네게

왜 화를 내느냐고 물었지
너는 슬프다고 말했어
왜 슬프냐고 묻자
너는 두렵다고 말했어

두려워서 슬프고
슬퍼서 화를 내는구나

한 마디 하지 않고
슬픔 앓다가
두려움에 쩔쩔매다

화내며 등 돌리는 너
가만히 네 손 잡는 나

한 발

앞을 내다보기 어려울 땐
지금 이 한 발 진실하게
여기 이 한 발 정확하게

그것이 결국 길이 되니까
길은 머릿속에 그리는 게 아니라
내 걸음이 만들어가는 것이니까

나아간다

우리는 쉼 없이 나아간다
중요한 기억들과 함께여서

때론 한 발짝도 빠져나오지 못한 것 같고
같은 자리만 뱅뱅 돌면서
하나도 나아지는 것 없어 보여도

비가 되고 눈이 되어 바다로 떨어지고
하늘로 올라가듯
어떤 것도 사라지지 않고 잊히지 않으며
우리는 쉼 없이 나아간다

봄

반듯하게 앉아
봄

일어나면서 슬쩍
봄

가다 말고 한 번 더
봄

여름

해가 길어지면 마음도 길어지는 걸까 삼삼오오 모여 맥주 마시는
골목길 여름밤은 언제나 느긋했지

가을

그러고 보면 가을은
우리가 만난 적이 없어

네가 오지도 않고
내가 가지도 않아
고요하지만
아래로부터 차오르는 계절

겨울

투둑투둑
땀 흘러내리는
짙은 초록의 여름이
그리워질 때면

깜깜한 산
푸르른 별빛 아래
새하얗게 눈을 뒤집어쓴
소나무의 기억을 떠올리곤 한다

한겨울 눈 속에서 흘리는 땀이
제일 뜨겁다는 건
두말할 나위가 없지

아무것도 아닌 모든 것

나는 아무것도 아니요
나는 누구도 아니다 그리해
누구나 될 수 있고
모든 것이기도 하다

하루하루
까맣게 지우고
하얗게 다시 일어나
빨갛게 살아가다가
파랗게 사라져 가자

조용한 오후

아무 일 없던 오후였다
올 사람도 갈 사람도 없는
길을 물끄러미 바라보고
있었다 나무 사이로 얼굴이 두엇
산 밑으로 또 다른 얼굴이 두엇
나타났다 아무 일 없었는데

혼자
바쁘고

혼자
슬펐다

바람의 연대

우리를 키우는 건 바람이다
몸 안에서 부는 바람을
숨이라고 하지

나의 숨이 너에게로
너의 숨이 나에게로

우리는
바람의 연대

우연과 필연

누군가를 만나서 사랑이 생겨나는 것이
아니라 오래된 역사처럼 사랑이
당신에게 들어 있었듯,

어느 날 대상을 만났을 뿐
간절함은 이전부터 있었다
대상이 우연이라면
간절함은 필연이다

대상에게서 비롯되는 것이 아니라
자기 자신에게서 나오는 것이므로

희망

희망은
없던 것도 만들어내지만
체념은
있던 것도 사라지게 한다

하나 둘, 둘 하나

당신과 내가 하나인 것은
우리가 생명인 까닭이고
당신과 내가 둘인 것은
그 간격을 아파하기 위함이다

바다의 넓이를 기억하는 한 방울이고
산의 깊이를 기억하는 바람이며
영원을 기억하는 순간이다

등 뒤로 오는 미래

희망은 앞에 있는 것이 아니다
어제 디딘 돌
힘껏 밀어내며 오늘로 왔듯
당신은 또 그렇게
나아갈 것이다

미래는 당신의 등 뒤에서 온다

있는 그대로의 위로

슬퍼하는 사람에게
내가 여기 있잖아, 라든가
힘내, 라든가
그래도 이런 저런 희망이 있지 않느냐고
무용한 말들을 늘어놓지는 않으려 합니다
그건 실례가 될 테니까요

다만 나는 그의 슬픔을 슬퍼합니다
우리가 누군가와 나눌 수 있는 것은 고작
시간이지요 허름한 존재뿐입니다 하지만
우리는 괜찮을 것입니다 별과 달과
해와 바람이 있는 한
아무것도 잊히지 않을 것입니다

소식

없었던 일로는 할 수 없지만
앞으로 일어나지 않을 일로는 할 수 있어요

Letter #5

어느 여름날이었습니다. 아마도 더는 연락이 오지 않으리라고 생각했던 사람에게서 예상치 못한 메일을 받았습니다. 일요일 아침이었는데요. 너무 벅찬 마음에, 집안에 있기가 힘이 들어서 밖으로 나갔습니다. 그날 보았던 하늘과 구름, 나무 위에 앉아 있던 새들, 조용하게 지나가던 오토바이의 모습을 기억합니다. 그 메일을 받고 나서 뜻하지 않게 저 밑에서 올라오는 오래된 기억들을 하나하나 맞닥뜨리게 되었습니다. 몇 달간 그런 상태가 계속되었지요. 즐거웠던 기억, 소중하게 생각되는 기억도 있었지만 뼈저리게 아픈 기억도 있었어요. 그렇게 여름과 가을, 겨울을 견디고 나니 봄이 왔습니다. 기억과 싸우며, 기억과 화해하며 유독 많은 얼굴들을 떠올리며 쓴 책입니다. 참 많은 얼굴을 만나고 헤어지며 살아왔더군요. 미안한 얼굴, 고마운 얼굴들이 떠오를 때면 잠시 숨고르기를 하고 하늘을 올려다보며 안부를 띄우곤 했습니다.

처음엔 슬퍼하는 사람을 위로하기 위해 쓴다고 생각했습니다. 쓰다 보니 나를 위로하는 것이 되었고 우리 모두를 위로하는 것이 되었습니다. 어쩌면 나는, 우리에게 위로가 필요하다는 것을 인정하기까지 너무 많이 돌아왔는지도 모르겠습니다.

진실을 이야기할 때 우리의 등은 한결 낮아집니다. 목소리를 높이거나 어깨에 힘이 들어가야 할 이유가 없으니까요. 시간은 쉼 없이 밀려오고 진실은 종종 급류에 떠밀려 내려가거나 묻히기도 합니다. 하지만 우리는 최선을 다해 그때그때의 진실을 살아갈 것입니다. 모래사장에 그린 그림이 밀물에 지워져도 개의치 않고 계속 그림을 그리는 아이처럼.

세심한 준비나 정교한 계산 없이, 툭 툭 떼어놓아도 이내 푸근한 한 그릇이 되어 주는 수제비 같은 글이 내 몸에서 계속 흘러나왔으면 좋겠습니다. 이 책의 싹을 틔워낸 모든 인연에 감사드립니다.

좋은 것들은 우연히 온다

초판 1쇄 발행일 2021년 5월 6일

글 · 사진 변지영
펴낸이 박희연
대표 박창흠

펴낸곳 트로이목마
출판신고 2015년 6월 29일 제315-2015-000044호
주소 서울시 강서구 양천로 344, B동 449호(마곡동, 대방디엠시티 1차)
전화번호 070-8724-0701
팩스번호 02-6005-9488
이메일 trojanhorsebook@gmail.com
페이스북 https://www.facebook.com/trojanhorsebook
네이버포스트 http://post.naver.com/spacy24
인쇄 · 제작 ㈜미래상상

(c) 변지영, 저자와 맺은 특약에 따라 검인을 생략합니다.

ISBN 979-11-87440-77-2 (03810)